KB023969

혼자서도
별인
너에게

나태주

1945년 출생으로 1971년 〈서울신문〉 신춘문예에 시가 당선되어 시인이 되었다. 초등학교 다닐 때의 꿈은 화가였으나 고등학교 1학년 때 예쁜 여학생을 만난 뒤로는 꿈이 시인으로 바뀌었다. 그로부터 60년 그는 끝없이 시인을 꿈꾸며 사는 사람이다.

그동안 초등학교에서 43년간 교직 생활을 하다가 2007년 정년퇴임을 하였으며 8년 동안 공주문화원장으로 일하기도 했고, 현재는 공주에서 살면서 공주풀꽃문학관을 설립, 운영하며 풀꽃문학상을 제정, 시상하고 있다.

그가 요즘 주로 하는 일은 문학강연, 글쓰기, 풀꽃문학관에서 방문객 만나기, 화단 가꾸기 등이다. 지은 책으로는 첫 시집 《대숲 아래서》부터 《마음이 살짝 기운다》까지 41권의 창작시집이 있고, 《좋다고 하니까 나도 좋다》를 비롯하여 산문집, 시화집, 동화집 등 100여 권이 있다.

잠들기 전에 읽고 싶은
나태주의 시

혼자서도 별인 너에게

나태주 시집

서울문화사

책머리에

너는 내 필생의 별

얘야 왜 그래? 왜 그러는 거야. 왜 그렇게 힘들어하는 거야. 네 둘레를 좀 보아. 위만 보지 말고 아래도 좀 보고 옆도 좀 보아. 너보다 못한 사람 많고 너를 부러워하는 사람들 오히려 많아.

힘을 내야지. 모든 걸 좋게 생각하고 아름답게 생각해야지. 오늘보다는 내일이 좋을 거라고 믿어야지. 혹시 네가 너무 꽃이기만을 바란 것은 아닌지 걱정이 돼. 네가 한사코 밝음이려고만 발버둥 친 건 아닌지 걱정이 돼.

때로 우리는 어둠이 필요해. 휴식이 필요하고 침묵이 필요해. 밤하늘의 별들을 좀 보아라. 무엇이 별들을 반짝이게 하더냐? 어둠이야. 어둠이 있기에 별들이 반짝이는 거야. 어둠을 믿고 별들이 웃고 있는 거야.

오히려 별들의 배경은 어둠이고 별들의 집은 어둠이고 별들의 운동장은 어둠이야. 별들은 차라리 어둠이 고마운 거야. 너의 어둠을 사랑하고 너의 어둠을 아껴라. 그러면 조금씩 좋아질 거야. 조금씩 세상 살맛이 돌아오고 너도 조금씩 반짝이기 시작할 거야.

나는 믿는다. 네가 세상의 꽃이기도 하지만 세상의 별이기도 하다는 것을 말이야. 얘야. 네 마음의 별을 믿어라. 네 마음의 힘을 믿어라. 네 마음의 사랑을 믿고 네 마음의 그리움을 믿어라. 그래서 더욱 빛나는 아름다운 별이 되어라.

그리하여 새롭게 아침을 맞고 새날을 맞이해라. 다시 한번 한낮의 눈부신 꽃이 되어 웃어라. 그러한 너를 위해 나는 밤을 새워 무릎 꿇고 기도하마. 울면서 기도하마. 그것만이 나의 능력이다. 얘야 너무 힘들어하지 말아라. 네가 그렇게 힘들어하면 내가 못 견딜 것만 같구나.

얘야. 우리 함께 가자. 멀리 있어도 함께 가고 가까이 있어도 함께 가자. 누군가 함께 가고 있다고 생각하면 좀 더 마음이 놓이지 않겠니. 어두운 밤길 같은 인생길 함께 가면서 서로가 서로의 숨결을 듣고 서로의 마음을 믿어보자. 그러면서 힘을 내자.

너는 나의 별. 내 필생의 별. 나는 너의 별을 찾아가는 사람. 아니 또 하나의 별. 흐리지만 나는 나의 별빛을 믿는다. 너도 너의 별빛을 믿어라. 그러면 너는 더욱 빛나는 별이 될 것이다. 두 개의 믿음이 두 개의 어둠을 낳을 것이고 또 어둠은 두 개의 별을 낳아줄 것이다.

차례

1부 · 위로가 필요한 밤

2부 · 소망을 품은 밤

3부 · 그리움이 깃든 밤

1부

위로가 필요한 밤

헤진 사람아

사람아, 헤진 사람아

너는 아침에 일어나 어지러운 잠 깨어
문을 열고
밤사이 새로 꽃 핀 꽃밭을
바라보는 나의 잠시
꽃잎에 고인 이슬방울들

집 없이 헤매던 어둔 골목길에서
문득 멈추어 서서 바라보는
치렁치렁 밤하늘의 별무리 한 두름
그것에 모은 나의 눈동자

사람아, 헤진 사람아

너는 램프를 밝히고

책을 읽다가

문득 등피燈皮에서 만나는 얼굴

근심스레 숙여진 뽀오얀 이마

도톰한 귓밥

사람아, 헤진 사람아

너와 나와 같은 세상에

같은 하늘을 이고 살아가고 있음만을

감사, 감사하는 나의 이 시간

네게서 출발해서

숨결 불어오드키 하는

푸르른 바람 한 줄기 속의 이 약속.

차가 식기 전에

차가 식기 전에

하던 말을

마칠 것까지는 없다

하던 생각을

끝낼 필요는 없다

차가 식더라도

하고 싶은 말은

차근차근 하면 되는 일이요

하던 생각은

하나씩 마무리 지으면

되는 일이니까.

유리창

이제
떠나갈 것은 떠나게 하고
남을 것은 남게 하자

혼자서 맞이하는 저녁과
혼자서 바라보는 들판을
두려워하지 말자

아, 그렇다
할 수만 있다면
나뭇잎 떨어진 빈 나뭇가지에
까마귀 한 마리라도 불러
가슴속에 기르자

이제

지나온 그림자를 지우지 못해 안달하지도 말고

다가올 날의 해짧음을 아쉬워하지도 말자.

추억을 빌려드립니다

하늘을

하늘의 별을 빌려드립니다

풀밭을

풀밭의 바람을 빌려드립니다

옛집을

옛집의 달빛을 빌려드립니다

애인을

젊은 시절의 애인을 빌려드립니다

나는 추억의 나라 문지기

언제든 당신이

원하시면 그것들을

무료로 빌려드립니다

그러나 이내 쓰시고

되돌려 주시는 조건으롭니다

망가뜨리지 않고 손때 묻히지 않고

되돌려 주시는 조건으롭니다

나는 추억의 나라 문지기

산을

산의 새소리를 빌려드립니다

들을

들의 작은 길을 빌려드립니다

시내를

시내의 작은 물고기를 빌려드립니다

바다를

바다의 비린내를 빌려드립니다.

삼월

어차피 어차피

삼월은 오는구나

오고야 마는구나

이월을 이기고

추위와 가난한 마음을 이기고

넓은 마음이 돌아오는구나

돌아와 우리 앞에

풀잎과 꽃잎의 비단방석을 까는구나

새들은 우리더러

무슨 소리든 내보라 내보라고

조르는구나

시냇물 소리도 우리더러

지껄이라 그러는구나

아, 젊은 아이들은

다시 한 번 새 옷을 갈아입고

새 가방을 들고

새 배지를 달고

우리 앞을 물결쳐

스쳐 가겠지

그러나 삼월에도

외로운 사람은 여전히 외롭고

쓸쓸한 사람은 쓸쓸하겠지.

구월

구름이라도 구월의 흰구름은

미루나무의 강언덕에

노래의 궁전을 짓는 흰구름이다

강물이라도 구월의 강물은

햇볕에 눈물 반짝여

슬픔의 길을 만드는 강물이다

바라보라

구월의 흰구름과 강물을

이미 그대는

사랑의 힘겨움과 삶의 그늘을

많이 알아버린 사람

햇볕이 엷어졌고
바람이 서늘해졌다 해서
서둘 것도 섭섭할 것도 없는 일

천천히 이마를 들어
구름의 궁전을 맞이하세나
고요히 눈을 열어
비늘의 강물을 떠나보내세.

바람이 붑니다

바람이 붑니다
창문이 덜컹댑니다
어느 먼 땅에서 누군가 또
나를 생각하나 봅니다

바람이 붑니다
낙엽이 굴러갑니다
어느 먼 별에서 누군가 또
나를 슬퍼하나 봅니다

춥다는 것은 내가 아직도
숨 쉬고 있다는 증거
외롭다는 것은 앞으로도 내가
혼자가 아닐 거라는 약속

바람이 붑니다

창문에 불이 켜집니다

어느 먼 하늘 밖에서 누군가 한 사람

나를 위해 기도를 챙기고 있나 봅니다.

가을이 와

가을이 와 나뭇잎 떨어지면
나무 아래 나는
낙엽 부자

가을이 와 먹구름 몰리면
하늘 아래 나는
구름 부자

가을이 와 찬바람 불어오면
빈 들판에 나는
바람 부자

부러울 것 없네
가진 것 없어도
가난할 것 없네.

그대 지키는 나의 등불

시시하고 재미없는 세상
그대 만나는 것이 내게는
단 하나 남은 희망이었소
그대 만남으로 새로운
슬픔이 싹트고
새로운 외로움이 얹혀진다 해도
그대 만나는 일이 내게는
마지막으로 남은 행복이었소
나에게 허락된 날이 하루뿐이라면
하루치의 희망과 행복
또 그것이 일 년뿐이라면
일 년치의 행복과 희망
내 사랑 그대여
부디 오늘도 안녕히.

패랭이꽃 빛

밖으로 타오르기보담은 안으로

끓어오르기를 꿈꾸고 열망했지만

번번이 핏물이 번진 손수건, 패랭이꽃 빛

치사한 게 정이란다 눈 감은 게 마음이란다.

노을 · 1

저녁노을 붉은 하늘 누군가 할퀸 자국

하느님 나라에도 얼굴 붉힐 일 있는지요?

슬픈 일 속상한 일 하 그리 많은지요?

나 사는 세상엔 답답한 일 많고 많기에…….

안개가 짙은들

안개가 짙은들 산까지 지울 수야

어둠이 깊은들 오는 아침까지 막을 수야

안개와 어둠 속을 꿰뚫는 물소리, 새소리,

비바람 설친들 피는 꽃까지 막을 수야.

향기 없음이

향기 없음이 오히려 향기로와라

사람 없는 곳에 숨어서 울며

생면부지의 사람들 틈에 묻혀서 산다

끝끝내 아무한테도 들키지 않은 돌멩이 하나.

주제넘게도

주제넘게도, 남은 청춘을 생각해본다

주제넘게도, 남은 사랑을 생각해본다

촛불은 심지까지 타버리고 나서야 촛불이고

사랑은 단 한 번뿐이라야 사랑이라던데…….

가질 수 없어

가질 수 없어

갖지 않는 것은

갖지 않는 것이 아니다

가질 수 있어도

갖지 않는 것이 정말로

갖지 않는 것이다.

편지

하루의 좋은 시간을

다른 곳에 다 써먹고

창문에 어둠 깃들어서야

그댈 생각해낸다

그댈 생각하고

그대에게 편지를 쓴다

너무 섭섭히 생각 마시압.

한밤중에

한밤중에

까닭없이

잠이 깨었다

우연히 방 안의

화분에 눈길이 갔다

바짝 말라 있는 화분

어, 너였구나

네가 목이 말라 나를

깨웠구나.

들길을 걸으며

1

세상에 와 그대를 만난 건
내게 얼마나 행운이었나
그대 생각 내게 머물므로
나의 세상은 빛나는 세상이 됩니다
많고 많은 사람 중에 그대 한 사람
그대 생각 내게 머물므로
나의 세상은 따뜻한 세상이 됩니다.

2

어제도 들길을 걸으며
당신을 생각했습니다
오늘도 들길을 걸으며
당신을 생각했습니다
어제 내 발에 밟힌 풀잎이

오늘 새롭게 일어나

바람에 떨고 있는 걸

나는 봅니다

나도 당신 발에 밟히면서

새로워지는 풀잎이면 합니다

당신 앞에 여리게 떠는

풀잎이면 합니다.

멀리서 빈다

어딘가 내가 모르는 곳에
보이지 않는 꽃처럼 웃고 있는
너 한 사람으로 하여 세상은
다시 한 번 눈부신 아침이 되고

어딘가 네가 모르는 곳에
보이지 않는 풀잎처럼 숨 쉬고 있는
나 한 사람으로 하여 세상은
다시 한 번 고요한 저녁이 온다

가을이다, 부디 아프지 마라.

산수유꽃 진 자리

사랑한다, 나는 사랑을 가졌다
누구에겐가 말해주긴 해야 했는데
마음 놓고 말해줄 사람 없어
산수유꽃 옆에 와 무심히 중얼거린 소리
노랗게 핀 산수유꽃이 외워두었다가
따사로운 햇빛한테 들려주고
놀러온 산새에게 들려주고
시냇물 소리한테까지 들려주어
사랑한다, 나는 사랑을 가졌다
차마 이름까진 말해줄 수 없어 이름만 빼고
알려준 나의 말
여름 한 철 시냇물이 줄창 외우며 흘러가더니
이제 가을도 저물어 시냇물 소리도 입을 다물고
다만 산수유꽃 진 자리 산수유 열매들만
내리는 눈발 속에 더욱 예쁘고 붉습니다.

가을 예배

날씨 추워지기도 전
나이 든 나무들은
서둘러 이파리를 버렸는데

서리가 내리고서도 한참
어린 나무들
이파리를 버리지 못했다

시퍼렇게 짓뭉개진
저 초록빛,

이제 잠들거라, 잠들거라
햇빛이 따스한 손을 내밀어
어린 나무들을 쓰다듬어 주고 있다

이제 쉬거라, 쉬거라

바람도 비단 이불을 펼쳐

어린 나무들을 덮어 주고 있다.

잘람잘람

어머니, 어머니
샘물가에서 물동이로
물을 길을 때

물동이에 가득 채운 물
머리에 이고 가기 전
넘치지 않게 하기 위하여
물동이 주둥이를 손바닥으로
슬쩍 훑어내듯이

오늘 내가 너에게
주는 마음은 잘람잘람
그렇지만 넘치지 않게

오늘 내가 너에게

주는 시도 찰랑찰랑

그렇지만 넘치지 않게.

인생 · 1

화창한 날씨만 믿고
가벼운 옷차림과 신발로 길을 나섰지요
향기로운 바람 지저귀는 새소리 따라
오솔길을 걸었지요

멀리 갔다가 돌아오는 길
막판에 그만 소나비를 만났지 뭡니까

하지만 나는 소나비를 나무라고 싶은
생각이 별로 없어요
날씨 탓을 하며 날씨한테 속았노라
말하고 싶지도 않아요

좋았노라 그마저도 아름다운 하루였노라

말하고 싶어요

소낙비 함께 옷과 신발에 묻어온

숲속의 바람과 새소리

그것도 소중한 나의 하루

나의 인생이었으니까요.

담소

조금 늦게 찾아갔음을
굳이 후회하지 않아도 좋을 것 같다

혼자 오래 살았어도
나이 들지 않는 향기로운 고요와
어여쁜 고독이 살고 있는 집

쉬이 날이 저물고 어두워짐을
걱정하지 않아도 좋을 것 같다

구름 흘러 하늘에 몸을 풀고
강물 흘러 바다에 몸을 던지듯
있어도 좋고 없어도 좋은 이야기들
오래오래 기다리고 있는 집

'내 안의 아름다움을 알아주는 사람과
맨발로 숲을 걷고 싶다'
누군가 많이 외로운 사람 혼자 와서
적어놓고 간 글귀

외로움은 인간을 병들게 하지만 때로
영혼을 맑고 깨끗하게 만들어주기도 한다.

돌아오는 길

점심 모임을 갖고 돌아오면서
짬짬이 시간
돌아오는 길에 들러 본 집이 좋았고
만난 사람은 더 좋았다

혼자서 오래 산 사람
오래 살았지만 외로움을 잘 챙겼고
그러므로 따뜻함을 잃지 않은 사람
마주 앉아 마신 향기로운 차가 좋았고
서로 웃으며 나눈 이야기는 더욱 좋았다

우리네 일생도 그렇게
끝자락이 더 좋았다고 향기로웠다고
말할 수 있었으면 참 좋겠다.

꽃들아 안녕

꽃들에게 인사할 때
꽃들아 안녕!

전체 꽃들에게
한꺼번에 인사를
해서는 안 된다

꽃송이 하나하나에게
눈을 맞추며
꽃들아 안녕! 안녕!

그렇게 인사함이
백번 옳다.

방생

아이들이 허공에
종이비행기를 날려 보내듯
강가에 나와 내가 나를
떠나보낸다

이젠 가봐
이젠 나를 떠나도 좋아
떠나가서 풀밭에 가로눕는
초록의 바람이 되든지
벼랑 위에 뿌리내린 새빨간
단풍나무 이파리가 되든지
네 맘대로 해봐

그동안 힘들었지?

이젠 나를 떠나도 좋아

저것, 저 물고기

저녁 햇살 받아 잠방대는

강물 위에 조그만 물고기들은

조금 전에 나를 떠나간

또 하나의 나이다.

혼자서 · 1

무리지어 피어 있는 꽃보다
두셋이서 피어 있는 꽃이
도란도란 더 의초로울 때 있다

두셋이서 피어 있는 꽃보다
오직 혼자서 피어 있는 꽃이
더 당당하고 아름다울 때 있다

너 오늘 혼자 외롭게
꽃으로 서 있음을 너무
힘들어하지 말아라.

하오의 한 시간

바람을 안고 올랐다가
해를 안고 돌아오는 길

검정염소가
아무보고나
알은체 운다

같이 가요
우리 같이 가요

지는 햇빛이
눈에 부시다.

사는 일

1

오늘도 하루 잘 살았다
굽은 길은 굽게 가고
곧은 길은 곧게 가고

막판에는 나를 싣고
가기로 되어 있는 차가
제시간보다 일찍 떠나는 바람에
걷지 않아도 좋은 길을 두어 시간
땀 흘리며 걷기도 했다

그러나 그것도 나쁘지 아니했다
걷지 않아도 좋은 길을 걸었으므로
만나지 못했을 뻔했던 싱그러운
바람도 만나고 수풀 사이
빨갛게 익은 멍석딸기도 만나고
해 저문 개울가 고기비늘 찍으러 온 물총새
물총새, 쪽빛 날갯짓도 보았으므로

이제 날 저물려 한다

길바닥을 떠돌던 바람은 잠잠해지고
새들도 머리를 숲으로 돌렸다
오늘도 하루 나는 이렇게
잘 살았다.

2

세상에 나를 던져보기로 한다

한 시간이나 두 시간

퇴근 버스를 놓친 날 아예

다음 차 기다리는 일을 포기해버리고

길바닥에 나를 놓아버리기로 한다

누가 나를 주워 가줄 것인가?

만약 주워 가준다면 얼마나 내가

나의 길을 줄였을 때

주워 가줄 것인가?

한 시간이나 두 시간
시험 삼아 세상 한복판에
나를 던져보기로 한다

나는 달리는 차들이 비껴가는
길바닥의 작은 돌멩이.

눈부신 세상

멀리서 보면 때로 세상은
조그맣고 사랑스럽다
따뜻하기까지 하다
나는 손을 들어
세상의 머리를 쓰다듬어준다
자다가 깨어난 아이처럼
세상은 배시시 눈을 뜨고
나를 향해 웃음 지어 보인다

세상도 눈이 부신가 보다.

선물 · 1

하늘 아래 내가 받은
가장 커다란 선물은
오늘입니다

오늘 받은 선물 가운데서도
가장 아름다운 선물은
당신입니다

당신 나지막한 목소리와
웃는 얼굴, 콧노래 한 구절이면
한 아름 바다를 안은 듯한 기쁨이겠습니다.

선물·2

나에게 이 세상은 하루하루가 선물입니다
아침에 일어나 만나는 밝은 햇빛이며 새소리,
맑은 바람이 우선 선물입니다

문득 푸르른 산 하나 마주했다면 그것도 선물이고
서럽게 서럽게 뱀 꼬리를 흔들며 사라지는
강물을 보았다면 그 또한 선물입니다

한낮의 햇살 받아 손바닥 뒤집는
잎사귀 넓은 키 큰 나무들도 선물이고
길 가다 발밑에 깔린 이름 없어 가여운
풀꽃들 하나하나도 선물입니다

무엇보다도 먼저 이 지구가 나에게 가장 큰 선물이고
지구에 와서 만난 당신,
당신이 우선적으로 가장 좋으신 선물입니다

저녁 하늘에 붉은 노을이 번진다 해도 부디
마음 아파하거나 너무 섭하게 생각지 마서요
나도 또한 이제는 당신에게
좋은 선물이었으면 합니다.

초록별

키 큰 오동나무와 감나무 사이
비 개어 맑은 하늘
밤 되자 초록별 두엇
호롱불 들고 나왔다

저녁밥조차 얻어먹지 못해
배고픈 별들일까?
사무치게 보고픈 사람
다시 그리워 나온 별들일까?

너울거리는 너른
오동나무와 감나무 이파리 사이
퀭한 눈빛 쏟아질 듯
그렁그렁한 눈물

오늘도 누군가 지상의 한 사람

하늘로 올라가 별들의

등불에 기름을 보태고 있나 보다.

꽃 피우는 나무

좋은 경치 보았을 때
저 경치 못 보고 죽었다면
어찌했을까 걱정했고

좋은 음악 들었을 때
저 음악 못 듣고 세상 떴다면
어찌했을까 생각했지요

당신, 내게는 참 좋은 사람
만나지 못하고 이 세상 흘러갔다면
그 안타까움 어찌했을까요……

당신 앞에서는
나도 온몸이 근지러워
꽃 피우는 나무

지금 내 앞에 당신 마주 있고
당신과 나 사이 가득
음악의 강물이 일렁입니다

당신 등 뒤로 썰렁한
잡목 숲도 이런 때는 참
아름다운 그림 나라입니다.

오늘의 약속

덩치 큰 이야기, 무거운 이야기는 하지 않기로 해요
조그만 이야기, 가벼운 이야기만 하기로 해요
아침에 일어나 낯선 새 한 마리가 날아가는 것을 보았다든지
길을 가다 담장 너머 아이들 떠들며 노는 소리가 들려 잠시 발을 멈췄다든지
매미 소리가 하늘 속으로 강물을 만들며 흘러가는 것을 문득 느꼈다든지
그런 이야기들만 하기로 해요

남의 이야기, 세상 이야기는 하지 않기로 해요
우리들의 이야기, 서로의 이야기만 하기로 해요
지나간 밤 쉽게 잠이 오지 않아 애를 먹었다든지
하루 종일 보고픈 마음이 떠나지 않아 가슴이 뻐근했다든지
모처럼 개인 밤하늘 사이로 별 하나 찾아내어 숨겨놓은 소원을 빌었다든지
그런 이야기들만 하기로 해요

실은 우리들 이야기만 하기에도 시간이 많지 않은 걸 우리는

잘 알아요

그래요, 우리 멀리 떨어져 살면서도

오래 헤어져 살면서도 스스로

행복해지기로 해요

그게 오늘의 약속이에요.

가을의 약속

오늘도 흐린 하늘 어두운 구름 아래
가을을 가슴 가득 품어봅니다

가을이면 가을이 오면 다시 오마
그리운 사람 정다운 사람 내게
약속한 일 있었거든요

구절초 새하얀 언덕을 넘어
맑고 푸른 하늘 등에 지고서
치맛자락 날리며 머리카락 날리며
내게 오마 약속한 일 있었거든요

가을이여, 가을이여 어서 오시라
그리운 사람이여 어서 오시라
당신은 이제 나에게 한 송이 새하얀 구절초
우물같이 푸르른 가을의 하늘, 가을의 사람

흐린 하늘 어두운 구름 아래 오늘도 나는
가슴 가득 당신을 품어봅니다.

가슴이 콱 막힐 때

가슴이 콱 막힐 때 있습니다. 답답해서 숨을 못 쉴 것만 같을 때 있습니다. 내 마음속에 당신이 너무 크게 자리 잡고 있는 탓으롭니다. 그렇게는 살지 못하지요. 잠시만 당신을 마음 밖으로 나가 살게 할까 합니다.

소나무, 버즘나무, 오동나무, 줄지어 선 뜨락의 한 구석, 당신을 한 그루 감나무로 세워두려고 그럽니다. 매미 소리 햇빛처럼 따갑게 쏟아지는 한여름을 그렇게 벌 받고 서 계신다면 분명 당신의 가지에 열린 감알들도 조금씩 가슴이 자라서 안으로 단물이 들어가겠지요.

어렵사리 우리의 첫 번째 가을이 찾아오는 날. 우리는 붉게 익은 감알들을 올려다보며 감나무 아래 오래도록 서 있어도 좋겠습니다. 서로의 가슴속에 붉고 탐스럽게 익은 감알들을 훔쳐보며 어린아이들처럼 철없는 웃음을 입술 가득 베어 물어도 좋을 것입니다.

인생 · 2

해 저물녘 빈 하늘을
둘이서 바라보는 것

어디로 흘러가는지도 모르는 구름을
말없이 바라보는 것

낯선 골목길을 서성이다가
이름도 모를 새소리에 잠시 귀 기울이는 것

작은 키 긴 그림자 둘이서 데리고
빈방으로 천천히 돌아오는 것.

공생

빈방에 들어와 목이 마르다

물 한 잔 따라 마시며 보니
창가에 놓아둔 화분의 꽃이
시들어 있다
이름도 낯선 덴드롱이란 꽃
어여쁘다 싶어 한 그루
얻어다 놓고 이렇게 며칠씩이나
물을 굶겨 시들게 했구나
급한 김에 먹다 만 물 반 컵을 우선
화분에 쏟는다

미안한 마음이 많이 헐해졌다.

꽃잎

활짝 핀 꽃나무 아래서
우리는 만나서 웃었다

눈이 꽃잎이었고
이마가 꽃잎이었고
입술이 꽃잎이었다

우리는 술을 마셨다
눈물을 글썽이기도 했다

사진을 찍고

그날 그렇게 우리는

헤어졌다

돌아와 사진을 빼보니

꽃잎만 찍혀 있었다.

오늘도 그대는 멀리 있다

전화 걸면 날마다
어디 있냐고 무엇 하냐고
누구와 있냐고 또 별일 없냐고
밥은 거르지 않았는지 잠은 설치지 않았는지
묻고 또 묻는다

하기는 아침에 일어나
햇빛이 부신 걸로 보아
밤사이 별일 없긴 없었는가 보다

오늘도 그대는 멀리 있다

이제 지구 전체가 그대 몸이고 맘이다.

내가 나를 칭찬함

오늘도 흰구름을 나는
흰구름이 아니라고 억지로
우기지 않았음

오늘도 풀꽃을 만나 나는
너를 알지 못한다
얼굴 돌려 외면하지 않았음

이것이 오늘 내가 나를 진정
칭찬해주고 싶은 항목임

당신도 부디 당신 자신을
칭찬해주시기 바란다.

못다 이룬 꿈을 아쉬워하지 말자

오늘도 아무런 일 없이
하루해가 조용히 물러간다
산은 산대로 여전하고 푸르고 우뚝하고
강물은 지구 밖으로 빠져나갈 듯
아픈 몸부림 하나로 흘러 흘러만 가고
저녁노을은 또 한 차례 붉끈 주황빛
두 주먹을 들어올렸다 슬그머니 내려놓는다

오늘 하루 감사해야 할 일들이 얼마나 많으냐!
어떤 친구는 내 나이 무렵에 세상을 스스로 버렸고
심지어 어머니 뱃속에서 나오자마자 첫울음 함께
세상을 버린 어린 아기도 있다
오늘 하루 얼마나 좋은 일들이 많이 있었느냐!
그것을 곰곰이 짚어보아야 한다
오늘 하루 얼마나 많은 좋은 사람들을 만나

좋은 이야기를 나누었는지 그것을
떠올려보아야 한다

간절히 만나고 싶었지만 끝내
만나지 못한 사람을 안타까워하지 말기로 하자
오늘 비록 못다 이룬 꿈이 있다 하더라도
그 꿈을 아쉬워하지 말기로 하자
오늘은 오늘로서 가득하고 내일은 내일로서
또한 눈부실 것이 아닌가 말이다.

대답은 간단해요

당신, 내 앞에 있을 때가 제일 예뻐요
웃는 얼굴도 예쁘고
찡그린 얼굴까지 예뻐요

대답은 간단해요
내가 당신 사랑하고 있기 때문이에요
내가 당신 사랑하는 것 당신도
알고 있기 때문이에요

나도 당신 앞에 섰을 때가 가장
마음 편하고 즐거워요 당당해요
그 또한 당신이 나를 사랑한다는 걸
내가 마음속으로 잘 알고 있기 때문이겠지요.

새벽 이메일

아침에 잠에서 깨어
제일 먼저 생각하는 사람이
당신입니다

하루를 살면서 가끔씩
소스라쳐 얼굴 떠올리는 사람이
당신입니다

저녁에 잠들면서도
가슴에 품고 자는 사람 또한
당신입니다

이다음, 나 세상 떠나 다른 별로 갈 때
그때에도 마지막까지 놓치지 않을 사람이
당신이었음 좋겠습니다.

별 · 1

어쩔 수 없어 별이지요
나무로도 풀로도 산이나 강물같이
땅에 있는 것들 가지고서는 아무래도 안 되어서
하늘을 찾고 별을 찾지요

별님아, 안녕!
사랑하는 이에게 나 여기
잘 지내고 있노라고 오늘도 하루
그 사람 생각만으로 하루해가 저물었다고
말해주렴

그러나 오늘밤도 하늘은 흐리고
별빛은 더욱 멀어요
마음 어둡고 답답하고 안타까울 뿐

보이지 않는 별을 향해

다시 한 번 손 내밀어보다가 돌아서서

마음속 등불 하나 심지를

밝혀봅니다

별님아, 안녕!

목소리만 들어도 알지요

목소리만 들어도 알지요
당신의 기분이 어떤지
지금 무얼 하고 있는지
누구랑 함께 있는 건지

오늘의 밝고 둥글고 환한 목소리 좋았어요
지구를 한 바퀴 돌아서 오는 듯한
아름다운 노랫소리 정다운 숨소리
비비대는 귀여운 새소리였어요

당신 목소리가 나에게는 삶의 환희예요
산속에 숨어 흐르는 맑은 시냇물 소리예요
때로는 보고 싶어 가슴이 타오르는
그리움의 뭉게구름이기도 하구요

그래도 당신 목소리는 나에게 샘물이에요
보고 싶은 마음 그리워 애타는 마음
달래주는 시원한 한 모금 샘물이에요
끊임없이 듣고 싶은 음악이구요.

마음의 울타리

마음 밖에 서 있던 사람
저만큼 커 보이더니
마음 안으로 불러들여 놓고 보니
조그마해졌네

이제는 속눈썹 내리깔고
얌전히 잠든 아기
잘 자라 아가야 예쁜 아가야

당신 마음의 울타리 안에
내 마음의 울타리
또 그 안에.

예쁜 짓
— 꿈에 쓰다

한 번 한 이야기 또 할까 봐 걱정돼요
그럴 것 없단다
예쁜 꽃을 보거라
바람에 한 번만 고개를 흔드는 것이 아니라
여러 번 고개를 흔들지 않던?
그래도 꽃은 여전히 예쁘지 않던?
예쁜 꽃은 바람 앞에 무구無垢야,
예쁜 너도 나한테는 때 묻지 않음이야
네가 어떤 잘못을 해도 그것은 잘못이 아니고
예쁜 짓 그대로야
한 번 한 말 여러 번 되풀이해도 괜찮아
걱정하지 마
그래서 네가 더 예뻐.

2부

소망을 품은 밤

붓꽃 · 1

별 보면 설레는 마음

너 혼자만 갖지 말고

나한테도 좀 나누어주렴.

빈손의 노래

애당초 아무것도
바라지 말았어야 했던 걸 모르고
너무 많은 걸 꿈꾸다가
너무 많은 걸 찾아다니다가
아무것도 찾지 못하고 만
이제 또 가을

문지방에 풀벌레 소리
다 미쳐 왔으니
염치없는 손으로
어느 들녘에 가을걷이하러 갈까?

허나, 더 늦기 전에

나도 들로 내려

드디어 낭자히 풀벌레 소리 강물 된 옆에

실개천 물소리 되어 따라 흐르다가

허리 부러진 햇살이나

주머니에 가득 담아가지고

한나절 흥얼흥얼 돌아올거나

오는 길에 그래도

해가 남으면

산에 올라 들국화 몇 송이 꺾어 들고

저승의 바닷비린내 묻어오는

솔바람 소리나 두어 마지기 빌려다가

내 작은 뜨락에

내 작은 노래 시켜볼거나.

아침

1

밤마다 너는
별이 되어 하늘 끝까지 올라갔다가
밤마다 너는
구름이 되어 어둠에 막혀 되돌아오고

그러다 그러다
그여히
털끝 하나 움쩍 못할 햇무리 안에
갇혀버린 네 눈물자국만,

보라! 이 아침
땅 위에 꽃밭을 이룬
시퍼런 저승의 입설들.

2

끝없이 찾아 헤매다 지친 자여

그대의 믿음이 끝내 헛되었음을 알았을 때
그대는 비로소 한 때의
그대가 버린 눈물과 만나게 되리라

아직도 귀엽고 사랑스러운
아직은 이루어져야 할
언젠가 버린 그대의 약속들과 만나리라

자칫 잡았다 놓친
그 날의 그 따스한 악수와
다시 오솔길에 서리라.

달밤

어수룩히 숙어진 무논 바닥에

외딴집 호롱불 깜박이는

산이 내리고

소나기처럼 우는

개구리 울음에

물에 뜬 달이 그만 바스라지다

달밤

안개는 피어서 꿈으로 가나,

물에 절은 쌍꺼풀눈

설운 네 손톱을,

한 짝은 어디 두고

홀로이 와서

입안에 집어넣고 자근자근 씹어주고 싶은

네 아랫입술 한 짝을,

눈물 아슴아슴

돌아오는 길

어디서 아득히 밤뻐꾸기 한 마리

울다 말다 저 혼자도 지치다

나 혼자 이슬에 젖는 어느 밤.

겨울 농부

우리들의 가을은 논 귀퉁이에
검불더미만을 남겨놓고
저녁 하늘에 빈 달무리만을 띄워놓고
우리들 곁을 떠나갔습니다

보리밭에 보리씨를 뿌려놓고
마늘밭에 마늘쪽을 심어놓고
이제 이 나라에는
외롭고 긴 겨울이 찾아올 차례입니다

헛간의 콩깍지며 시래기를 되새김질하는 염소와
눈을 집어먹고 껍질 없는 알을 낳는 암탉과
어른들 몰래 꿩약을 놓는 아이들의 겨울이
찾아올 차례입니다

그리하여

봄을 기다릴 줄 아는 사람들만이

눈 속에 갇혀 외롭게 우는 산새 소리를 들을 것이며

눈에 덮여서 더욱 싱싱하게 자라나는 보리밭의 보리싹들을

눈물겨운 눈으로 바라볼 것입니다

눈물겨운 눈으로 바라볼 것입니다.

유월은

유월은

네 눈동자 안에 내리는 빗방울처럼

화사한 네 목소릴 들려주셔요

유월은

장미 가지 사이로 내리는 빗방울처럼

화안한 네 웃음 빛깔을 보여주셔요

하늘 위엔 흰구름 가슴속엔 무지개

너무 가까이 오지 마셔요

그만큼 서 계셔도 숨소리가 들리는 걸요

유월은

네 화려한 레이스 사이로 내다보이는 강변

쓸리는 갈대숲 갈대새 노래 삐릿삐릿……

유월은

네 받쳐 든 비닐우산 사이로 빙글빙글 돌아가는 하늘빛

비 개인 하늘빛 속살을 보여주셔요.

오월

벙그는 목련꽃송이 속에는
아, 아, 아, 아프게 벙그는 목련꽃송이 속에는
어느 핸가 가을 어스름
내가 버린 우레 소리 잠들어 있고
아, 아, 아, 굴뚝 모퉁이 서서 듣던
흰구름 엉켜드는 아픈 소리
깃들어 있고
천 년 전에 이 꽃의 전신前身을 보시던 이,
내게 하시는 말씀도 스며서 있다

당신이 천 년 전에 생겨나든지
제가 천 년 후에 생겨나든지
둘 중에 하나가 되었다면
얼마나 좋았을까요……

시무룩하게 고개 숙인 옆얼굴까지 속눈썹까지
겹으로 으슥히 스며서 있다
그늘 아래 샘물로 스며서 있다.

봄날에

사람아,

피어오르는 흰구름 앞에 흰구름 바라

가던 길 멈추고 요만큼

눈파리하고 서 있는 이것도 실은

네게로 가는 여러 길목의 한 주막쯤인 셈이요,

철쭉꽃 옆에 멍청히

철쭉꽃 바라 서 있는 이것도 실은

네게로 가는 여러 길 가운데

한 길이 아니겠는가?

마치,

철쭉꽃 눈에 눈물 고이도록

바라보고 있노라면

가슴에 철쭉꽃물이라도 배어 올 듯이,

흰구름 비친 호숫물이라도 하나 고여 올 듯이,

사람아,

내가 너를 두고

꿈꾸는 이거, 눈물겨워하는 이거, 모두는

네게로 가는 여러 방법 가운데

한 방법쯤인 것이다

숲속의 한 샛길인 셈인 것이다.

어쩌다 이렇게

있는 듯 없는 듯

있다 가고 싶었는데

아는 듯 모르는 듯

잊혀지고 싶었는데

어쩌다 이렇게 되었을까

그대 가슴에 못을 치고

나의 가슴에 흉터를 남기고

어쩌다 이 지경이 되었을까

나의 고집과 옹졸

나의 고뇌와 슬픔

나의 고독과 독선

그것은 과연 정당한 것이었던가

그것은 과연 좋은 것이었던가

사는 듯 마는 듯 살다 가고 싶었는데

웃는 듯 마는 듯 웃다 가고 싶었는데

그대 가슴에 자국을 남기고

나의 가슴에 후회를 남기고

모난 돌처럼 모난 돌처럼

혼자서 쓸쓸히.

혼자서 · 2

하이얀 티셔츠 차림으로
미루나무 숲길에서 온종일 서성이고 싶은 날은
깊은 산골짜기 새로 돋은 신록 속에 앉아 있어도
안개 자욱 개구리 울음소리 속에 앉아 있어도
귀로는 연신
머언 바다 물결 소리를 듣는답니다

아야, 아야, 아야, 아야,
산너머 산너머서
흰구름 생겨나고 죽어가는 소리를 듣는답니다

바다에는 지금
하얀 돛폭을 세워 떠나가는
돛단배가 한 척.

어린아이로

어린아이로 남아 있고 싶다
나이를 먹는 것과는 무관하게
어린아이로 남아 있고 싶다
어린아이의 철없음
어린아이의 설레임
어린아이의 투정
어린아이의 슬픔과 기쁨
그리고 놀라움
끝끝내 그것으로 세상을 보고 싶다
끝끝내 그것으로 세상을 건너가고 싶다
있는 대로 보고 들을 수 있고
듣고 본 대로 느낄 수 있는
그리고 말할 수 있는
어린아이의 가슴과 귀와 눈과
입술이고 싶다.

오늘도 이 자리

오늘도 이 자리
떠나야 할 때가
되었나보다

그대 자꾸만
좋아지니
잊어야 할 때가
되었나보다

마음에 남는
그대 목소리
웃는 입매무새
눈매무새
아리잠직한
걸음걸이

생각이 머물 때

잊어야 할 사람아

좋아질 때

떠나야 하는 사람아.

일년초

도심의 좁은 골목
허름한 나무상자에 심겨져
꽃을 피운 일년초를 보면
나는 문득
그 꽃을 심어 가꾼
꽃의 주인을 만나보고 싶어집니다
아니, 꽃의 주인의 마음과
마주 서고 싶어집니다
봉숭아, 분꽃, 사루비아, 왕관초……
하잘것없는 풀꽃이나마
소중히 알고 다독거리며
살아갈 줄 아는 사람들
봄부터 꽃씨를 심어 가꾸고 물을 주고
그리하여 가난한 대로 그윽한 가을을
맞이할 줄 아는 사람들

그들이야말로 얼마나

너그러운 사람들이겠습니까

요즘같이 마른 바람 먼지만 날리는 세상에

그들의 손길이야말로 얼마나

부드럽고 어진 손길이겠습니까

그들의 마음 쓰임이야말로 얼마나 또

따뜻한 마음이겠습니까.

세상에 나와 나는

세상에 나와 나는
아무것도 내 몫으로
차지하려 하지 않았습니다

꼭 갖고 싶은 것이 있었다면
푸른 하늘빛 한 쪽
바람 한 줌
노을 한 자락

더 욕심을 부린다면
굴러가는 나뭇잎새
하나

세상에 나와 나는
어느 누구도 사랑하는 사람으로
간직해 두고 싶지 않았습니다

꼭 사랑하는 사람이 있었다면
단 한 사람
눈이 맑은 그 사람
가슴속에 맑은 슬픔을 간직한 사람

더 욕심을 부린다면
늙어서 나중에도 부끄럽지 않게
만나고 싶은 한 사람
그대.

사랑하는 마음 내게 있어도

사랑하는 마음
내게 있어도
사랑한다는 말
차마 건네지 못하고 삽니다
사랑한다는 그 말 끝까지
감당할 수 없기 때문

모진 마음
내게 있어도
모진 말
차마 하지 못하고 삽니다
나도 모진 말 남들한테 들으면
오래오래 잊혀지지 않기 때문

외롭고 슬픈 마음

내게 있어도

외롭고 슬프다는 말

차마 하지 못하고 삽니다

외롭고 슬픈 말 남들한테 들으면

나도 덩달아 외롭고 슬퍼지기 때문

사랑하는 마음을 아끼며

삽니다

모진 마음을 달래며

삽니다

될수록 외롭고 슬픈 마음을

숨기며 삽니다.

이른 봄

나뭇가지에

둑길에

강물 위에

하늘, 구름에

수채화 물감으로

번지는

햇살

방글방글

배추 속배기로

웃는 아가

웃음

밝은 나라로

더 밝은 나라로.

겨울행

열 살에 아름답던 노을이
마흔 살 되어 또다시 아름답다
호젓함이란 참으로
소중한 것이란 걸 알게 되리라

들판 위에
추운 나무와 집들의 마을,
마을 위에 산,
산 위에 하늘,

죽은 자들은 하늘로 가
구름이 되고 언 별빛이 되지만
산 자들은 마을로 가
따뜻한 등불이 되는 걸 보리라.

기도

내가 외로운 사람이라면
나보다 더 외로운 사람을
생각하게 하여 주옵소서

내가 추운 사람이라면
나보다 더 추운 사람을
생각하게 하여 주옵소서

내가 가난한 사람이라면
나보다 더 가난한 사람을
생각하게 하여 주옵소서

더욱이나 내가 비천한 사람이라면
나보다 더 비천한 사람을
생각하게 하여 주옵소서

그리하여 때때로

스스로 묻고

스스로 대답하게 하여 주옵소서

나는 지금 어디에 와 있는가?

나는 지금 어디로 향해 가고 있는가?

나는 지금 무엇을 보고 있는가?

나는 지금 무엇을 꿈꾸고 있는가?

희망 · 1

미루나무 세 그루,

까치집 하나,

마른풀을 씹으며 겨울을 나는

검정염소 몇 마리,

팔짱을 끼니 나도

가슴이 따뜻해진다.

노을·2

보아주는 이 없어서

더욱 아리따운 아낙이여.

앉은뱅이꽃

발밑에 가여운 것
밟지 마라,
그 꽃 밟으면 귀양간단다
그 꽃 밟으면 죄받는단다.

삼월에 오는 눈

눈이라도 삼월에 오는 눈은
오면서 물이 되는 눈이다
어린 가지에
어린 뿌리에
눈물이 되어 젖는 눈이다
이제 늬들 차례야
잘 자라거라 잘 자라거라
물이 되며 속삭이는 눈이다.

사랑 · 1

그가 섭섭하게 대해 줄 때

내게 잘해 준 일만 생각합니다

그가 미운 마음 가질 때

나를 위해 기도해 준 일 생각합니다

그가 크게 실망하고 슬퍼할 때

작은 일에도 기뻐하던 때 되새깁니다

그가 늙고 병들어 보잘것없어질 때

젊어 예쁘던 때를 기억하겠습니다.

뒷모습

귀가 예쁘거든 귀만 보여 주시오
눈썹이 곱거든 눈썹만 보여 주시오
입술이 탐스럽거든 입술만 보여 주시오
하다못해 담배가치 끼운
손가락이 멋지다면
그거라도 보여 주시오
보여 줄 것이 정히나 없거든
보여 줄 것이 생길 때까지 기다리시오
기다린 뒤에도 보여 줄 것이 없거든
뒷모습을 보여 주시오
조심조심 사라져가는 그대 뒷모습을
보여 주시오.

옆자리

옆자리에 계신 것만으로도 나는
따뜻합니다
그대 숨소리만으로도 나는
행복합니다
굳이 이름을 말씀해주실 것도 없습니다
주소를 알려주실 필요도 없습니다
또한 그대 굳이 나의 이름을
알려 하지 마십시오
주소를 묻지 마십시오
이름 없이 주소 없이 이냥
곁에 앉아 계신 따스함만으로도
그대와 나는 가득합니다
보이지 않는
그대와 나의 가슴 울렁임만으로도
우리는 황홀합니다

그리하여 인사 없이 눈짓 없이

헤어지게 됨도

우리에겐 소중한 사랑입니다.

비는 마음

나 이적지
혼자의 힘만으로
혼자의 생각만으로
살아 온 줄 알았었는데
그것은 잘못이었네

먼 데서 가까운 데서
내가 아는 사람들
내가 이름 잊은 사람들
나를 위해 빌고 있었네
나의 삶
나의 생각 위해
빌고 있었네

뿐이랴……

하늘도 땅도

나무와 풀잎과 이슬과 바람도

나를 위해 좋은

이웃이 되어 주었네

나도 이제 누군가

다른 사람 위해

비는 마음 가지고 싶네

그들의 잊어버린 이름이 되어

그들의 숨어 있는

이웃이 되어.

하오의 슬픔

세상에 와서 내가
한 일이라곤 고작
글 몇 줄 쓴 일밖에 없는데
공연스레
하얀 종이만 함부로
버려놓고 말았구려

세상에 와서 내가
한 일이라곤 고작
그대 좋아한 일밖에 없는데
공연스레
그대 고운 마음만
아프게 만들고 말았구려

어느 날 찬물에 손을

씻다가 본

손에 묻었던 파아란 잉크빛

그 번져가는 슬픔을 보면서.

망각을 위하여

나는 지금 너무
많은 이름들을
기억하고 있는 게
아닐까?

나는 지금 너무
많은 사람들에게
기억되고 있는 게
아닐까?

친구여
그대 이름 나도 잊을 테니
그대도 나를 잊어다오

때때로

그대 마음의 수첩에

나의 이름과

나의 모습과 나의 향기를

지워다오.

지구

지구는 하나의 꽃병

꽃 한 송이 꽂으면
밝아오고

물 한 모금 뿌려주면
더욱 밝아오지만

꽃 한 송이 시들면
금방 어두워진다

지구는 하나의
조그만 꽃병.

초라한 고백

내가 가진 것을 주었을 때
사람들은 좋아한다

여러 개 가운데 하나를
주었을 때보다
하나 가운데 하나를 주었을 때
더욱 좋아한다

오늘 내가 너에게 주는 마음은
그 하나 가운데 오직 하나
부디 아무 데나 함부로
버리지는 말아다오.

몸

아침저녁 맑은 물로
깨끗하게 닦아 주고
매만져 준다
당분간은 내가 신세 지며
살아야 할 사글셋방
밤이면 침대에 반듯이 눕혀
재워도 주고
낮이면 그럴듯한 옷으로
치장해 주기도 하고
더러는 병원이나 술집에도
데리고 다닌다
처음에는 내 집인 줄 알았지
살다 보니 그만 전셋집으로 바뀌더니
전셋돈이 자꾸만 오르는 거야
견디다 못해 전셋돈 빼어

이제는 사글세로 사는 신세가 되었지

모아둔 돈은 줄어들고

방세는 점점 오르고

그러나 어쩌겠나

당분간은 내가 신세 져야 할

나의 집

아침저녁 맑은 물로 깨끗하게

씻어 주고 닦아 준다.

붓꽃 · 2

슬픔의 길은
명주실 가닥처럼이나
가늘고 길다

때로 산을 넘고
강을 따라가지만

슬픔의 손은
유리잔처럼이나
차고도 맑다

자주 풀숲에서 서성이고
강물 속으로 몸을 풀지만

슬픔에 손목 잡혀 멀리
멀리까지 갔다가
돌아온 그대

오늘은 문득 하늘
쪽빛 입술 붓꽃 되어
떨고 있음을 본다.

멀리까지 보이는 날

숨을 들이쉰다
초록의 들판 끝 미루나무
한 그루가 끌려 들어온다

숨을 더욱 깊이 들이쉰다
미루나무 잎새에 반짝이는
햇빛이 들어오고 사르락 사르락
작은 바다 물결 소리까지
끌려 들어온다

숨을 내어쉰다
뻐꾸기 울음소리
꾀꼬리 울음소리가
쓸려 나아간다

숨을 더욱 멀리 내어쉰다
마을 하나 비 맞아 우거진
봉숭아꽃나무 수풀까지
쓸려 나아가고 조그만 산 하나
우뚝 다가와 선다

산 위에 두둥실 떠 있는
흰구름, 저 녀석
조금 전까지만 해도 내 몸 안에서
뛰어 놀던 바로 그 숨결이다.

끝끝내

너의 얼굴 바라봄이 반가움이다
너의 목소리 들음이 고마움이다
너의 눈빛 스침이 끝내 기쁨이다

끝끝내

너의 숨소리 듣고 네 옆에
내가 있음이 그냥 행복이다
이 세상 네가 살아있음이
나의 살아있음이고 존재이유다.

사랑·2

목말라 물을 좀 마셨으면 좋겠다고
속으로 생각하고 있을 때
유리컵에 맑은 물 가득 담아
잘람잘람 내 앞으로 가지고 오는

창밖의 머언 풍경에 눈길을 주며
그리움의 물결에 몸을 맡기고 있을 때
그 물결의 흐름을 느끼고 눈물
글썽글썽한 눈으로 나를 바라보아주는

어떻게 알았을까, 그는
한 마디 말씀도 이루지 아니했고
한 줌의 눈짓조차 건네지 않았음에도.

말은 그렇게 한다

나 객지를 쫆어서 떠돌 때

날마다 날마다 믿음이 가지 않는 아들

아버지 자주 보내신 편지 끝에

얘야, 오늘도 밥 많이 먹고

집으로 돌아가 발 닦고 일찍

자려무나 그러셨는데

이제 서울에 있는 딸아이

대전에 있는 아들아이 저녁에

가끔 전화가 오면, 얘야 오늘도

밥 많이 먹고 집으로 돌아가 발 닦고

일찍 자려무나 그런다

집으로 돌아가는 것과
밥 많이 먹는 것은 알겠는데
발 닦고 일찍 자는 것이 뭐 그리
대단한 일이란 말인가?
잘 알지도 못하면서 말은
그렇게 한다

얘야, 집으로 돌아가 오늘도
발 닦고 일찍 자려무나.

돌멩이

흐르는 맑은 물결 속에 잠겨
보일 듯 말 듯 일렁이는
얼룩무늬 돌멩이 하나
돌아가는 길에 가져가야지
집어 올려 바위 위에
놓아두고 잠시
다른 볼일 보고 돌아와
찾으려니 도무지
어느 자리에 두었는지
찾을 수가 없다

혹시 그 돌멩이, 나 아니었을까?

공감

북한산 기슭의 저녁때

반백의 머리칼 세 사람이

하산하는 길이다

하루 종일 산길을 헤매고

비까지 맞아 고달픈 몸

한 사내가 말했다

따뜻한 잠자리가 그립다

또 한 사내가 말을 받았다

한 잔의 술과 한 그릇의 밥이 생각난다

마지막 사내가 조그만 목소리로 중얼거렸다

나는 지금 누군가 한 사람의 다정한

위로의 말이 필요하다.

모퉁이 길

혼자 오래 서 있었다

너무 오래 한 자리에
서 있는다 싶었던지
바람이 지나가다 물었다
외로우냐고……

한참을 더 있다가
풀꽃 향기가 다가와 물었다
슬픈 일이 있냐고……

한참을 또 그러고 있는데
흰구름이 걱정스러운 듯
내려다보며 그윽한 말투로 물었다
가야 할 곳이 마땅치 않냐고……

바람이 지나가고

풀꽃 향기가 스쳐가고

흰구름이 흘러가고……

그러나 끝내 아무런 일도

일어나지 않았다

그것은 어느 늦은 봄날의 일이었다.

오늘은 조용히 봄비가 내린다

지금껏 나는 다른 사람들한테
그것도 어린 사람들한테 이렇게 하지 말고
저렇게 하라는 말만 하면서 살았다
정작 나는 저렇게 하지 않고 자주
이렇게 하면서 살았다

무엇인가 세상한테 많은 것을 받기를
바라면서 기다리면서 살았다
그게 다 선생 티를 내는 것이었고
잘난 척하는 짓이었다

그러나 이제부터는 아니다
세상한테 무엇인가 바라는 걸 포기하고
선생 티를 버리고 잘난 척도 하지 않겠다
사람들에게 저렇게 하지 말고 이렇게
하라는 말도 버리겠다

오늘은 소리 없이 봄비가 내리는 일요일
세상 한 귀퉁이에 조금만 더 앉아 있다가
때가 되면 조용히 지구를 떠날 생각을 해본다.

물고기와 만나다

아침 물가에 은빛 물고기들 파닥파닥 뛰어올라
왜 은빛 몸뚱아리 하늘 속살에다
패대기를 쳐 대는지 알지 못했는데
한 사람을 사랑하면서부터 아, 저것들도
살아 있음이 좋아서 다만 좋아서 저러는 거구나
알게 되었지

저녁에도 그러하네
날 어두워져 하루의 밝음, 커튼이 닫히듯 사라져 가는데
왜 물고기 새끼들만 잠방잠방 소리하며 놀고 있는 건지
그것이 하루의 목숨 잘 살고 잠을 자러 가면서
안녕 안녕 물고기들의 저녁 인사란 것을
한 사람을 마음 깊이 잊지 못하면서 짐작하게 되었지

물고기들도 나처럼 누군가를 많이많이 좋아하고

사무치게 사랑해서 다만 그것이 기쁘고 좋아서 또 고마워서

그렇다는 걸 조금씩 알게 되었지.

흰구름이 묻는다

아직도 한 여자를 잊지 못하여
밤 깊도록 편지를
쓰고 또 쓰냐고

아직도 시골 아이들
가르쳐서 그럭저럭
밥술이나 얻어먹고 사냐고

아이들 자습 시켜놓고 때로
볕바른 유리창 가에서
시도 쓰냐고

흰구름이 재우쳐 묻고
또 묻는다.

풍경

어느 곳에 가든지
공기에게 먼저 인사를 드려야 한다
나 여기 있어도 좋을까요?
머리 조아려 공손히 인사를 드려야 한다

어느 곳에 가든지
나무나 풀들에게 먼저 말을 걸어야 한다
그동안 별고 없으셨나요?
궁금했는데 그쪽도 잘들 계셨는지요?

그리하여 풍경이 우리를 한 가족으로 받아줄 때
비로소 우리는 사람다운 사람이 되고
편안하게 숨도 쉴 수 있게 되는 것이다.

지상에서의 며칠

때 절은 조이 창문 흐릿한 달빛 한 줌이었다가
바람 부는 들판의 키 큰 미루나무 잔가지 흔드는 바람이었다가
차마 소낙비일 수 있었을까? 겨우
옷자락이나 머리칼 적시는 이슬비였다가
기약 없이 찾아든 바닷가 민박집 문지방까지 밀려와
칭얼대는 파도 소리였다가
누군들 안 그러랴
잠시 머물고 떠나는 지상에서의 며칠, 이런저런 일들
좋았노라 슬펐노라 고달팠노라
그대 만나 잠시 가슴 부풀고 설렜었지
그리고는 오래고 긴 적막과 애달픔과 기다림이 거기 있었지
가는 여름 새끼손톱에 스며든 봉숭아 빠알간 물감이었다가
잘려 나간 손톱조각에 어른대는 첫눈이었다가
눈물이 고여서였을까? 눈썹
깜짝이다가 눈썹 두어 번 깜짝이다가…….

봄맞이꽃

봄이 와
다만 그저 봄이 와
파르르 떨고 있는
뽀오얀 봄맞이꽃
살아 있어 좋으냐?
그래, 나도 좋다.

듣기 좋은 말

당신 때문에

나 살지요

당신 생각으로

오늘 기쁘지요

그 말 참

듣기 좋아요.

기쁨

난초 화분의 휘어진
이파리 하나가
허공에 몸을 기댄다

허공도 따라서 휘어지면서
난초 이파리를 살그머니
보듬어 안는다

그들 사이에 사람인 내가 모르는
잔잔한 기쁨의
강물이 흐른다.

3부

그리움이 깃든 밤

그대 떠난 자리에

그대 떠난 자리에 혼자 남아

그대를 지킨다

그대의 자취

그대의 숨결

그대의 추억

그대가 남긴 산을 지키고

그대가 없는 들을 지키고

그대가 바라보던 강물에 하늘에

흰구름을 지킨다

그러면서 혼자서 변해 간다

나도 모르게 조금씩

그대도 모르게 조금씩.

외로움

맑은 날은 먼 곳이 잘 보이고
흐린 날은 기적 소리가 잘 들렸다

하지만 나는 어떤 날에도
너 하나만 보고 싶었다.

낌새

강물에게 무슨 일이 있었던가
강물의 가슴으로 바람이 울며 간다

너에게는 또 무슨 일이 있었던가
내 가슴이 갑자기 술렁거린다

키가 큰 자작나무 수풀
밑둥이 새하얀 자작나무 수풀도
긴 머리칼을 흔든다.

들국화

1

울지 않는다면서 먼저

눈썹이 젖어

말로는 잊겠다면서 다시

생각이 나서

어찌하여 우리는

헤어지고 생각나는 사람들입니까?

말로는 잊어버리마고

잊어버리마고……

등피

아래서.

2

살다 보면 눈물 날 일도

많고 많지만

밤마다 호롱불 밝혀

네 강심江心에 노를 젓는

나는 나룻배

아침이면

이슬길 풀섶길 돌고 돌아

후미진 곳

너 보고픈 마음에

하얀 꽃송이 하날 피웠나부다.

할 일 없이

할 일 없이

상수리나무 숲
가랑잎에 일어서는
헐벗은 바람 소리나 듣다가,

할 일 없이

파아란 보리밭
보리밭 위에 떨어지는
귀떨어진 햇볕이나 눈여겨 보아주다가,

고작 나는
탱자울에 흩어지는 참새떼
불방맹이 아이들이 태운 논둑길
재티 위에 앉은 쇠눈

그림자나 길게 키워
돌아옵니다
철없는 솔바람 소리나 앞세워
돌아옵니다

할 일 없이

기우는 해
적적한 목숨
서러운 사랑.

배회

1

사랑하는 사람아, 너는 모를 것이다
이렇게 멀리 떨어진 변방의 둘레를 돌면서
내가 얼마나 너를 생각하고 있는가를

사랑하는 사람아, 너는 까마득 짐작도 못할 것이다
겨울 저수지의 외곽길을 돌면서
맑은 물낯에 산을 한 채 비쳐보고
겨울 흰구름 몇 송이 띄워보고
볼우물 곱게 웃음 웃는 너의 얼굴 또한
그 물낯에 비쳐보기도 하다가
이내 싱거워 돌멩이 하나 던져 깨뜨리고 마는
슬픈 나의 장난을.

2

솔바람 소리는 그늘조차 푸른빛이다
솔바람 소리의 그늘에 들면 옷깃에도
푸른 옥빛 물감이 들 것만 같다

사랑하는 사람아,
내가 너를 생각하는 마음조차 그만
포로소름 옥빛 물감이 들고 만다면
어찌겠느냐 어찌겠느냐

솔바람 소리 속에는
자수정빛 네 눈물 비린내 스며 있다
솔바람 소리 속에는
비릿한 네 속살 내음새 묻어 있다

사랑하는 사람아,

내가 너를 사랑하는 이 마음조차 그만

눈물 비린내에 스미고 만다면

어찌겠느냐 어찌겠느냐.

3

나는 지금도 네게로 가고 있다

마른 갈꽃 내음 한 아름 가슴에 안고

살얼음에 버려진 골목길 저만큼

네모난 창문의 방 안에 숨어서

나를 기다리는

빨강 치마 흰 버선 속의 따스한 너의 맨발을 찾아서

네 열 개 발가락의 잘 다듬어진 발톱들 속으로

지금도 나는 네게로 가고 있다

마른 갈꽃송이 꺾어 한 아름 가슴에 안고

처마 밑에 정갈히 내건 한 초롱

네 처녀의 등불을 찾아서

네 이쁜 배꼽의 한 접시 목마름 속으로

기뻐서 지줄대는 네 실핏줄의 노래들 속으로.

비단강

강물은 흘러서 끝이 없고

목숨은 변하여 사라져 간다

하늘에 나는 새

들에 자는 새

보아라

실어 나르고 실어 날라도

바닥나지 않는 우리네

눈물과 기쁨

날 어둡자 강물엔 별이 잠기고

내 가슴엔 그대 눈썹이 뜬다.

먹물

그대 얼굴 위에

한 조각 흐린 노을빛

미소가 남아 있을 때까지만

여기 앉아 있겠습니다

그대 두 눈 위에 고인

맑은 호숫물

눈물이 마르기 전에

이내 떠나겠습니다

화선지,

번지는

먹물.

떠나와서

떠나와서 그리워지는
한 강물이 있습니다
헤어지고 나서 보고파지는
한 사람이 있습니다
미루나무 새 잎새 나와
바람에 손을 흔들던 봄의 강가
눈물 반짝임으로 저물어가는
여름날 저녁의 물비늘
혹은 겨울 안개 속에 해 떠오르고
서걱대는 갈대숲 기슭에
벗은 발로 헤엄치는 겨울 철새들
헤어지고 나서 보고파지는
한 사람이 있습니다
떠나와서 그리워지는
한 강물이 있습니다.

사랑은 혼자서

사랑은 여럿이가 아니라
혼자서 쓸쓸한 생각
저무는 저녁 해
그리고 깜깜한 어둠

사랑은 둘이서가 아니라
혼자서 푸르른 산맥
흐르는 시내
그리고 풀벌레 울음

사랑은 너와 함께가 아니라
혼자서 이루는 약속
머나먼 내일
그리고 이별과 망각.

다리 위에서

너는 바람 속에 피어
웃고 있는 가을꽃

눈을 감아본다

흐르는 강물은 보이지 않고
키 큰 가로등도 보이지 않고
너의 맑은 이마도 보이지 않는다

그러나 여전히
강물은 흐르고
가로등 불빛은 밝고
너의 이마 또한 내 앞에 있었으리라

눈을 떠본다

너는 새로 돋아나기 시작하는

초저녁 밤별.

사라져가는 기찻길 위에

사라져가는

기찻길 위에

내가 있습니다

사라져가는

하늘길 위에

그대 있습니다

멀리 있어서

정다운 이여,

사라짐으로 우리는

비로소 아름답고

떠나감으로 우리는

비로소 참답습니다.

쓸쓸한 여름

챙이 넓은 여름 모자 하나

사 주고 싶었는데

그것도 빛깔이 새하얀 걸로 하나

사 주고 싶었는데

올해도 오동꽃은 피었다 지고

개구리 울음소리 땅속으로 다 자지러들고

그대 만나지도 못한 채

또다시 여름은 와서

나만 혼자서 집을 지키고 있소

집을 지키며 앓고 있소.

안개

흐려진 얼굴

잊혀진 생각

그러나 가슴 아프다.

제비꽃

그대 떠난 자리에

나 혼자 남아

쓸쓸한 날

제비꽃이 피었습니다

다른 날보다 더 예쁘게

피었습니다.

사랑·3

빛과 함께

소리와 함께 온다

향기와 함께

웃음과 함께 온다

그러나 눈물을

남기며 사라진다

바다가 되지도 못하면서

가슴속엔 몇 알갱이

소금을 남기며

사라진다.

버리며

그전에 내가
그대에게 버림 받으며
가슴 아팠었는데
오늘은 내가 그대를
버리면서 또다시
가슴이 아픕니다
그전에 그대가 나를
버리면서도 나처럼
가슴이 아팠었는지요…….

통화

자면서도 나는
그대에게 전화를
걸고 있습니다

그대 생각만으로 살았다고
내일도 그대 생각 가득할 것이라고

자면서도 나는
그대로부터 전화를
받고 있습니다.

희망·2

그대 만나러 갈 땐
그대 만날 희망으로
숨 쉬고

그대 만나고 돌아올 땐
그대 다시 만날 날을 기다리는
희망으로 또한 나는
숨 쉽니다.

바람에게 묻는다

바람에게 묻는다
지금 그곳에는 여전히
꽃이 피었던가 달이 떴던가

바람에게 듣는다
내 그리운 사람 못 잊을 사람
아직도 나를 기다려
그곳에서 서성이고 있던가

내게 불러줬던 노래
아직도 혼자 부르며
울고 있던가.

배가 고픈 날은

배가 고픈 날은 더욱 춥다

추운 날은 더욱 배가 쓰리다

창밖에는 빗소리

술잔에 술을 따르듯

쉬임없이 이어지는

가을 빗소리

이 비 그치면 겨울이 오리라

얼음의 외투를 걸친 겨울이 문득

우리 앞을 막아서리라

그대도 이 빗소리 듣고 있는지,

얼룩진 유리창 안에 갇혀

이 빗소리 들으며

나를 생각하는지…….

그리운 사람 너무 멀리에 있다

그림도 한 장 제대로 그려보지 못하고
이 좋은 가을을 그냥 돌려보낸다
이 좋은 가을의 나무와 산과 꽃과 풀들을
섭섭하게 떠나보낸다

어제 오늘 눈에 띄게 꽃들은 시들고
바람도 많이 싸늘해졌다
더욱 쇠약해진 햇빛 아래 흰구름은
갈 곳 없는 사람처럼 서 있다가 떠나가버리고

나는 오늘도 이렇게 혼자
볕바른 창가에 앉아 있을 뿐
그리운 사람 지금은 너무 멀리에 있다
그리운 사람 너무 오래 소식 끊겼다.

이 가을에

아직도 너를

사랑해서 슬프다.

너 보고픈 날은

너 보고픈 날은

바람이 불고

나뭇잎이 바람에 날린다

먼지가 바람에 날린다

너 보고픈 생각 때문에

바람은 불고

산은 푸르고

햇빛은 밝고

하늘 또한 끝없이

높다 해 두자

먼지 또한 날린다 해 두자

너 보고픈 날은

창문을 닫고

안으로 고리를 잠그기로 한다.

구월이

구월이

지구의 북반구 위에

머물러 있는 동안

사과는 사과나무 가지 위에서 익고

대추는 대추나무 가지 위에서 익고

너는

내 가슴속에 들어와 익는다

구월이

지구의 북반구 위에서

서서히 물러가는 동안

사과는

사과나무 가지를 떠나야 하고

대추는

대추나무 가지를 떠나야 하고

너는

내 가슴속을 떠나야 한다.

별리

우리 다시는 만나지 못하리

그대 꽃이 되고 풀이 되고
나무가 되어
내 앞에 있는다 해도 차마
그대 눈치채지 못하고

나 또한 구름 되고 바람 되고
천둥이 되어
그대 옆을 흐른다 해도 차마
나 알아보지 못하고

눈물은 번져

조그만 새암을 만든다

지구라는 별에서의

마지막 만남과 헤어짐

우리 다시 사람으로는 만나지 못하리.

나무

너의 허락도 없이

너에게 너무 많은 마음을

주어버리고

너에게 너무 많은 마음을

뺏겨버리고

그 마음 거두어들이지 못하고

바람 부는 들판 끝에 서서

나는 오늘도 이렇게 슬퍼하고 있다

나무 되어 울고 있다.

그립다

쓸쓸한 사람
가을에
더욱 호젓하다

맑은 눈빛
가을에
더욱 그윽하다

그대 안경알 너머
가을꽃 진 자리
무더기 무더기

문득 따뜻하고
부드러운 손길
그립다.

너의 총명함을 사랑한다

너의 총명함을 사랑한다

너의 젊음을 사랑한다

너의 아름다움을 사랑한다

너의 깨끗함을 사랑한다

너의 꾸밈없음과

꿈 많음을 사랑한다

너의 이기심도 사랑해 주기로 한다

너의 경솔함도 사랑해 주기로 한다

그리고 너의 유약함도 사랑해 주기로 한다

너의 턱없는 허영과

오만도 사랑하기로 한다.

따져 묻지 마세요

밤새워 당신
생각하고 일어난 아침
문 열고 나와 보니 꽃이 폈어요

연못에는 연꽃
울타리 밑에 봉숭아
이슬을 뒤집어쓰고 폈어요

왜 꽃이 폈냐고
따져 묻지 마세요
그냥 꽃은 아침이니까 핀 거겠죠

그래도 이유를 대라면
내가 당신을 보고 싶어 했기에
폈다고나 해둘까요.

추억

어디라 없이 문득

길 떠나고픈 마음이 있다

누구라 없이 울컥

만나고픈 얼굴이 있다

반드시 까닭이

있었던 것은 아니다

분명히 할 말이

있었던 것은 더욱 아니다

푸른 풀밭이 자라서

가슴속에 붉은

꽃들이 피어서

간절히 머리 조아려

그걸 한사코

보여주고 싶던 시절이

내게도 있었다.

사랑에의 권유

사랑 때문에 다만
사랑하는 일 때문에
울어본 적 있으신지요?

보고 싶은 마음 때문에 오직
한 사람이 보고 싶은 마음 때문에
밤을 꼬박 새워본 적 있으신지요?

그것이 철없음이라도 좋겠고
어리석음이라도 좋겠고
서툰 인생이라 해도 충분히 좋겠습니다

한 사람의 여자를 위하여
한 사람의 남자를 위하여 다시금
떨리는 손으로 길고 긴 편지를
써보고 싶은 생각은 없으신지요?

부디 잊지 마시기 바래요
한 사람의 일로 밤을 새우고
오직 그 일로 해서 지구가 다
무너질 것만 같았던 날들이 분명
우리에게 있었음을

그리하여 우리가 한때나마 지상에서
행복하고 슬프고도 외로운 사람이었음을
부디 후회하지 마시기 바래요.

가을밤

쉬이 잠들지 못하는
밤이 잦다

어제 밤엔 유리창에 들이비친
달빛을 탓했고

그제 밤엔 골짜기 가득 메운
소낙비를 핑계 삼았다

자다가 깨어 문득 어둠 속에
우두커니 앉아 있는 때도 있다.

추억의 묶음

꽃이 있기는 있었는데 여기
여린 바람에도 가들거리고
숨결 하나에도 떨리우고
생각만으로도 몸을 흔들던
꽃이 있기는 있었는데 여기

집을 비운 며칠 사이
자취도 없이 사라지고 꽃은
향기로만 남아 흐릿하게
눈물로만 남아 비릿하게
혼자 돌아온 나를 울리고
또 울린다.

아무래도 세상이 마음에 들지 않는 날

바람 부는 날이면 음악을 듣고
햇빛 부신 날은
그림을 그렸다, 혼자서

아무래도 세상이 마음에 들지 않는 날은
초록의 울타리 너머 아이들
노는 거 보러 가야지

줄장미꽃 그늘 아래
장난감 없이도 재미있게 놀고 있는
아이들 소리 들으러 가야지.

당신은 내가 보고 싶지도 않은가 봐요

목소리라도 듣고 싶어 전화 걸어
목소리 듣고 나니 이번엔 가까이
얼굴 보고 싶어 손이라도 잡아보고 싶어

안달하는 마음
짠 바닷물에 붉은 꽃잎으로 띄워 보낼까……
어둔 하늘 종이비행기로 날려 보낼까……

사람 마음은 이렇게 변덕이 심하고
바라는 게 끝이 없어요
— 당신은 내가 보고 싶지도 않은가 봐요.

사랑·4

사랑할까봐 겁나요, 당신
언젠가 당신 미워할지도 모르고
헤어질지도 몰라서지요

미워할까 겁나요, 당신
미워하는 마음 옹이가 되어 내가
나를 더 미워할 것만 같아서지요

이제는 당신 사랑하지 않는 것이
나의 사랑이어요.

꽃

가깝지 않지요

아주 멀리 그대 살고 있기에

오늘도 나 이렇게 싱싱한 풀입니다

숨소리 들리지 않지요

아스라이 그대 숨소리 향기롭기에

오늘도 나 이렇게 한 송이 꽃입니다

풀 가운데서도

세상에서는 없는 풀이요

꽃 가운데서도

눈에 보이지 않는 꽃입니다.

외로운 사람

전화 걸 때마다
꼬박꼬박 전화 받는 사람은
외로운 사람입니다

불러주는 사람 별로 없고
세상과의 약속도 별로 많지 않은
사람이 분명할 테니까요

전화 걸 때마다
한 번도 전화를 받지 않는 사람은
더욱 외로운 사람입니다

아예 전화기에서 멀리 떨어져

새소리나 바람 소리, 물소리의 길을 따라가며

흰구름이나 바라보고 있는

그런 사람이 분명할 테니까요.

사막을 찾지 말아라

사막에 가고 싶다
사막에 가고 싶다
그렇게 말하지 말아라
네 마음이 바로 사막이다

사막을 보고 싶다
사막을 보고 싶다
그렇게 말하지 말아라
네가 있는 곳이 바로 사막이다

서울이 그대로 사막이고
네가 사는 시골이 사막이고
네가 또 스스로 낙타다
네 이웃과 가족이 모두 낙타다

그렇지 않고서는 네가

그렇게 고달플 까닭이 없고

네가 그렇게 외로울 까닭이 없다

사막을 사막에서 찾지 말아라.

사랑은 그런 것이다

푸른 산을 보고서도 울컥했다
붉은 꽃을 만나서도 찌릿했다
산이 고개를 가슴속으로 디미는 것 같아서
꽃이 바늘 되어 가슴을 찌르는 것 같아서

남들이 볼 때 하찮은 일인데도 그는
한사코 그 일에 목을 매고 살았다
한 번뿐인 목숨 잠시뿐인
젊은 시절을 아낌없이 던졌다

사랑은 그런 것이다
어떤 경우에도 궤도 수정이 잘
되지 않는 그 무엇이다
포기할 수 없기에 눈물겨운 그 무엇이다.

아침

당신 가까이 갈 수 없어
나는 하루에 한 차례씩
지구를 쓰다듬어요
너무 멀리 있어 차라리
지구가 당신 대신이에요.

꽃을 꺾지 못하다

지난해 둘이 와 둘이 꺾던 꽃

이름이 꽃향유라 그러했지요

진한 보랏빛 미소

들어 있는 가을 들풀꽃

올해는 혼자 와서 꽃을 봅니다

돌아온 그대 미소 혼자 봅니다.

해 질 무렵

해 질 무렵 한참은
전화를 받기 어려운 시각
이 사람 저 사람 전화를 걸어도
아무도 받지를 않네

하던 일 마치느라 바쁘고
자동차 타러 가기 위해 바쁘고
누군가 만나기 위해 바쁘고
여러 가지 힘들어서 그럴까

아닐 거야 아닐 거야
혼자 외로워 전화기 놓고
나무 수풀 사이 서성거리러 가고
지는 해 노을 보고 있어서 그럴 거야.

별 · 2

우리는 한 사람씩 우주공간을 흐르는 별이다. 머언 하늘 길을 떠돌다 길을 잘못 들어 여기 이렇게 와 있는 별들이다. 아니다. 우리는 오래 전부터 서로 그리워하고 소망했기에 여기 이렇게 한자리에서 만나게 된 별들이다.

그러니 너와 나는 기적의 별들이 아닐 수 없다. 하늘 길 가는 별들은 다만 반짝일 뿐 서러운 마음 외로운 마음을 가지지 않는 별들이다. 그러나 우리는 순간순간 외로워하고 서러워할 줄 아는 별들이다. 안타까워할 줄도 아는 별들이다. 그러니 우리가 얼마나 사랑스런 별들이겠는가!

부디 편안한 마음으로 따뜻한 마음으로 잠시 그렇게 머물다 가기 바란다. 오직 사랑스런 마음으로 기쁜 마음으로 내 앞에 잠시 그렇게 있다가 가기 바란다. 굳이 재촉하지 않아도 이별의 시간은 빠르게 오고 우리는 그 명령을 따라야만 한다. 그리하여 너는 너의 하늘 길을 가야 하고 나는 또 나의 하늘 길을 열어야 한다.

우리가 앞으로 다시 만난다는 기약은 바랄 수도 없는 일이다. 어쩌면 이것이 처음이자 마지막 만남일 수도 있겠다. 그리하여 우리는 앞으로도 오래 외롭고 서럽고 안타깝기까지 할 것이다. 부디 너 오늘 우리가 이 자리 이렇게 지극히 정답게 아름답게 만났던 일들을 잊지 말기 바란다. 오늘 우리의 만남을 기억한다면 앞으로도 많은 날 외롭고 서럽고 안타까운 순간에도 그 외로움과 서러움과 안타까움이 조금은 줄어들 것이다.

나도 하늘 길 흐르다가 멀리 아주 멀리 반짝이는 별 하나 찾아낸다면 그것이 진정 너의 별인 줄 알겠다. 나의 생각과 그리움이 머물러 그 별이 더욱 밝은 빛으로 반짝일 때 너도 나를 알아보고 나를 향해 웃음 짓는 것이라 여기겠다. 앞으로도 우리 오래도록 반짝이면서 외로워하기도 하고 서러워하기도 하자.

오늘 우리가 여기서 이렇게 헤어지고 난다면 어디서 또 다시 만난다 하겠는가? 잡았던 손 뿌리치고 나면 언제 또 그 손을 잡을 날 있다 하겠는가? 너무도 사랑스럽고 어여쁜 너. 오직 기적의 별인 너. 많이 반짝이는 너의 별을 데리고 이제는 너의 길을 가라. 나도 나의 길을 가련다. 아이야, 오늘은 여기서 안녕히! 나에게도 안녕히!

혼자서도 별인 너에게

초판 1쇄 발행 2020년 1월 16일
초판 11쇄 발행 2024년 8월 23일

지은이 나태주
발행인 심정섭
편집장 신수경
디자인 디자인 봄에
마케팅 김호현
제 작 정수호

발행처 (주)서울문화사
등록일 1988년 12월 16일 | 등록번호 제2-484호
주 소 서울시 용산구 한강대로 43길 5 (우)04376
구입문의 02-791-0708
팩시밀리 02-749-4079
이메일 book@seoulmedia.co.kr

ISBN 979-11-6438-021-3(03810)

* 책값은 뒤표지에 있습니다.
* 잘못된 책은 구입처에서 교환해 드립니다.